크리스마스이브의 방문객

wefic

크리스마스이브의 방문객

김기창

위즈덤하우스

‘코사크(Cossack)’는 ‘방랑하는 자’라는 뜻을
지녔다. ‘얽매이지 않는 자’, ‘자유인’이라는
의미도 있다. 어원의 유래는 분분하다.
러시아어, 터키어, 쿠만어 등등.

‘코사크족’이라 불리는 공동체가 있었다.
현재의 우크라이나와 러시아 서남부 일대를
떠돌던 유목민들이었는데, 이들을 묘사한
그림에는 호탕한 얼굴의 사내들과 콧김을
내뿜는 거친 말들이 주로 등장한다.

코사크족은 중세에서 근대에 이르기까지

칼을 휘두르고 총을 쏘며 '크림반도'*를
거침없이 말달렸다. 드넓은 초원에서
사냥한 들짐승을 안주 삼아 거한 술판을
벌였다. 그러다 생의 감각이 환한 달빛처럼
끓어오르면…… 춤을 췄다. 팔짱을 끼고 무릎
굽혀 앉은 자세로 폴짝폴짝 뛰어오르며 발을
앞으로 옆으로 힘껏 뻗는, 이른바 '코사크
댄스'. 오락실용 테트리스 게임 화면에서 중앙
상단의 성문을 열고 불쑥 등장한 사람이 추던
바로 그 춤.

　11월 둘째 주 금요일 자정 무렵, 예주는
은은한 달빛이 들이치는 침실 침대에
누워 천장을 바라보며 생각했다. 1601호
입주자들이 또 코사크 댄스를 추고 있다고.

* 우크라이나 최남단 반도로 흑해에 면해 있으며, 대체로
　따뜻한 기후를 보인다.

초원에 흩뿌려진 적의 붉은 피를 보고 흥분한 코사크족 전사가 그러했듯, 두 발로 대지를 쾅쾅 짓누르고 있다고.

3주 전 예주는 1501호로 이사 왔다. 이를 위해 예주가 저당 잡힌 것은 남은 생 전체라고 해도 모자랐다. 거기에는 시간으로 잴 수 없는 것들까지 포함돼 있었다. 자유, 온기 그리고 나른한 휴일의 게으름 등등.

다음 날 아침, 예주는 아파트 관리실에 연락했다. 위층 소음이 심하다고, 한두 번이 아니라고, 유독 밤에 더 그런다고. 코사크 댄스를 추는 것 같다는 말은 꺼내지 않았다. 과장하는 것처럼 보일까 봐. 예주는 최대한 객관적으로 소음 주기와 형태, 크기 등을 설명했다.

관리실에서 그날 저녁 전한 1601호의

답변은 애매했다. 요약하면, 층간소음의
원인을 제공한 적은 없지만 좀 더 주의를
기울여 생활하겠다는 것이었다.

관리실 직원은 어느 호수에서 항의한
것인지는 밝히지 않았다고, 문제가 심각해지기
전에는 앞으로도 그럴 예정이라고, 만약에
소음이 또 들리면 다시 관리실로 연락
달라고, 당사자 간 대화는 가급적 하지 않는
것이 좋다고 말하며 다음과 같은 사례를
들려주었다.

"702동 605호와 705호도 층간소음 문제로
다투는 중인데요, 하루는 605호 입주자분이
705호 입주자분 차량에 적혀 있는 휴대폰
번호로 연락해서 제발 그만 좀 쿵쾅거리라고,
어제도 그제도 그 소리 때문에 잠을 설쳤다고
항의를 하셨대요. 걸을 때마다 망치질하는
소리가 난다고 해서 '발 망치질' 좀 그만하라고

소리치셨던 것 같아요. 그러자 705호 입주자분께서 605호 입주자분에게 사진 한 장을 전송했는데, 그게, 비행기 티켓을 찍은 거였어요. 아이들 포함해 전 가족이 제주도로 이틀 전 휴가를 왔고 다음 날 집으로 돌아오는 일정이었어요. 며칠간 집이 비어 있었던 거죠. 605호 입주자분은 어물쩍거리다 어쨌든 조심 좀 하라며 전화를 끊었다는데, 다음 날 밤에 다시 705호에 항의 전화를 했대요. '발 망치질' 소리가 또 난다고. 문제는 705호 입주자분이 전화를 받은 곳이 제주도였다는 거예요. 일정을 변경해 하루 더 제주도에 머무르고 있었던 거죠. 이후에 두 분이 만나서 몸싸움까지 벌였다는데…… 그래서 죄송한 말씀이지만, 일단 조금 더 지켜보시다가 그래도 소음이 줄지 않으면 확실한 물증을 확보한 다음에……."

'층간소음 이웃사이센터'라는 곳이 있다. 층간소음 갈등 현장을 방문해 당사자 간 상담을 주선하고, 소음 측정 서비스를 거쳐 협상을 이끌어내는 공공 기관이다. 아파트 시대가 만든 일자리 창출이라고나 할까?

과거 '국민권익위원회'가 조사한 바에 따르면 층간소음 관련 설문 응답자의 88퍼센트가 층간소음으로 스트레스를 받았다고 한다. 이런 상황이면 아파트를 선택할 권리보다 위층에 입주할 자격이 주어지는 것이 더 필요하지 않나, 라고 예주는 잠깐 생각했다.

그것이 불가능하기 때문에 '층간소음 이웃사이센터'는 소방서만큼 필요한 기관이었다. 소방서가 이미 난 불을 끈다면, '층간소음 이웃사이센터'는 불씨가 번지는 것을 차단한다. 예주는 여기에 전화해 관련

문의를 했다.

'층간소음 이웃사이센터'는 위층이 상담을 거부했을 때 협상을 강제할 권한이 없었다. 상담이 무산되면 소음 근원 파악과 소음 측정 서비스를 무료로 1회 제공하고, 기준을 넘어선 결과가 나오면(기준을 넘지 않으면 할 수 있는 일이 딱히 없었다) 이 데이터를 '환경분쟁조정위원회'에서 활용할 수 있게 했다. 다음 단계인 '환경분쟁조정위원회'는 위층이 중재를 거부할 수 없는 법적 권한이 있었다. 그러나 가장 강한 제재가 과태료였다.

'층간소음 이웃사이센터' 직원은 층간소음에 따른 예주의 심적, 물리적 고통을 이해한다는 듯 친절하게 세부 사항을 설명해주며 위층에 더 확실한 경고를 하고, 보상을 받아내려면 민사재판으로 가야 한다고 조언했다.

돈만이 성인들에게 공동체의 윤리를
따르도록 만드는 것일까?

예주는 이 모든 과정을 다 거치면 대략
6개월쯤 지나가리라 예상했고, 자신은 6년쯤
늦겠구나 싶었다. 이 방법은 최후의 수단으로
남겨두는 게 나을 듯했다.

"쿵작, 쿵작."
예주는 천장을 슬쩍 바라보곤 다시 눈을
감았다.
"쿵작, 쿵작, 쿵작, 쿵작."
예주는 깊은 한숨을 내쉬며 무거운
셔터처럼 눈꺼풀을 들어 올렸다. 소음이
시작된 듯했다. 예주는 침대 옆에 놓인
탁상 서랍을 열었다. 그리고 미리 준비해둔
층간소음 차단 귀마개를 꺼내 낀 후 베개에

머리를 파묻었다.

"쿵작, 쿵작, 쿵작, 쿵작, 쿵작, 쿵작, 쿵작."

예주는 울타리를 뛰어넘는 양 떼를 셌고, 바람 한 점 없는 푸른 바다와 수평선을 떠올렸다. 그러다 층간소음에 이끌려 머리를 까딱이며 박자를 맞추고 있는 자신을 뒤늦게 발견하곤 소스라치게 놀랐다.

층간소음용 귀마개는 소음을 줄여주긴 했지만, 그 줄어든 소음에 더욱 집중하게 하는 역효과가 있었다. 예주는 귀마개를 빼고 거실로 나가 베란다 창문을 열었다.

달콤한 잠을 저 아래 1층 바닥으로 내동댕이치는 시린 바람이 예주의 얼굴을 덮쳤다. 그와 동시에 일말의 인류애와 자비심도 거덜 났다. 예주는 얼음송곳 같은 눈빛으로 위층을 올려다보았다.

거실 중앙 등은 꺼져 있었다. 그러나

하늘을 수놓은 별자리 형상을 천장에
투영하는 '무드 등'을 켜놓은 것인지 자잘하게
부서진 은색 불빛이 베란다 밖으로 안개처럼
퍼져 있었다.

천장을 울려대던 쿵작거리는 소음은 곧
사라졌다. 대신 다음과 같은 소리가 반쯤 열려
있는 1601호 베란다 창문 밖으로 흘러나오기
시작했다.

"또각또각, 또각또각, 또각또각, 또각또각."

말이 달리고 있었다. 1601호 거실이 마치
드넓은 초원이기라도 하다는 듯, 말이 달리고
있었다. 저 소리는, 말발굽 소리가 아닌 다른
것일 수 없었다. 적어도 두 마리 이상의 말들이
바람을 가르며 허공을 향해 거친 숨을 내뱉고
있었다.

또각거리는 소리는 빨라지고 중첩되고
뭉개지며 점점 더 크게 들려왔다. 이러다

어느 순간 말들이 베란다를 뚫고 허공으로
튀어나올 것만 같았다. 예주가 믿을 수 없다는
표정으로 자신의 귀를 의심하려던 찰나,
고개를 쳐든 예주의 눈앞으로 무언가가 불쑥
나타났다. 예주는 순식간에 얼어붙었다.
창밖으로 고개를 내민 것은 맑고 커다랗고
순박한 눈을 가진 말 두 마리였다. 말들은
기다란 목을 아래로 숙인 채 예주의 얼굴을
바라보며 눈을 껌뻑였다.

　　예주는 비명을 삼켰다. 휴대폰으로
사진을 찍어야 한다는 생각만 치솟았다.
그러나 휴대폰은 침실에 있었다. 말들에게서
눈을 뗄 수도 없었다. 자신에게 전하고 싶은
메시지라도 있다는 듯, 말들이 기다란 입을
오물거리기 시작했기 때문이다.

　　잠시 후, 말들의 입에서 무언가가
흘러나왔다. 그보다 명확한 메시지는 없었다.

그것은 언어가 아니었다. 침이었다. 말들은
불만 가득하고 날카롭게 곤두서 있는 예주의
얼굴을 향해 침을 내뱉었다.

걸쭉하고 끈끈한 침이 예주의 얼굴을 향해
비처럼 흘러내릴 때, 예주는 감전이라도 된
것처럼 번쩍 눈을 떴다. 창밖을 바라보자 새벽
어스름이 저편으로 물러나고 있었다.

꿈이었나?

예주는 물기 하나 없는 자신의 얼굴을
세수하듯 문질렀다. 그리고 천천히 고개를
움직여 천장을 올려다보았다. 갈기가 뒤로
거세게 당겨졌을 때 낼 법한 말 울음소리가
희미하게 들려왔다. 그리고 이어지는
"또각또각", 다시 "또각또각" 하며 방향을 바꿔
해가 떠오르는 동쪽을 향해 나아가는 지친
말들의 발소리.

환청이 아니었다. 저기, 저곳에, 분명히

존재하는 소리였고, 서서히 옅어지고 있지만
지금도 계속 들려오는 소리였다.

꿈이 아니었나?

예주는 코사크족과 코사크 댄스,
커다란 눈망울을 가진 말들과 드넓은 초원,
환한 달빛과 은은한 별빛이 언제 어떻게
무슨 연유로 자신의 머릿속을 채우게 된
것인지 자문할 수밖에 없었다. 왜냐하면
정말 코사크족과 그들이 탄 말들이 1601호
거실을 뛰어다니고 있을 리는 없다고 여겼기
때문이다.

"화장실이 변수야. 초원에서 볼일 보고
대충 파묻으면 되는데, 신혼부부들한테는
무리겠지?"

안타까움이 섞인 투였지만 예주는 수화기
너머 '쏭'의 표정을 어렵지 않게 상상할 수

있었다. 쏭은 신혼부부들이 은폐물이 전혀 없는 드넓은 초원에서 서로 번갈아가며 볼일을 보고 자신이 건네준 모종삽으로 뒤처리하는 상황을 떠올리며 슬쩍슬쩍 웃고 있을 것이었다.

"지금 그게 대수야? 위층에서 말들이 뛰어다닌다니까. 사람들은 코사크 댄스를 추고."

예주가 다시 말했다.

"이게 다 너 때문이야. 자꾸 이런 식으로밖에 생각이 안 돼."

쏭은 숨이 넘어갈 정도로 웃었다.

"지난번에도 말했잖아. 인간의 피에는 아직 코사크족 같은 유목민들의 피가 더 진하게 흐른다고. 인류가 정착 생활을 한 지는 고작 1만 년밖에 안 됐어. 초원에서 뛰고 구르고 춤추고 발광을 한 세월은 수십만

년이고. 이웃에 대해 이것저것 신경 써야 하는 정착민으로의 진화가 덜 됐는데, 한국은 아파트가 대세가 되니 문제가 더 많이 생길 수밖에 없지. 유목민이 정착민보다 행복 지수가 높은 이유가 있어. 눈치 따위 볼 필요가 없으니까. 생텍쥐페리가 그러지 않았나? 대초원은 바다보다도 인적이 드물다고. 여기 크림반도가 정말 그런 곳이야. 대초원도 이런 대초원이 없어."

"속 편한 소리만 계속할 거야? 네가 그 소리를 직접 들어봐야 해."

"관리실에는 말했다고 했지?"

"오늘도 했는데 소용없어. 유목민이 아니라 원시인 같아. 말이 안 통해."

쏭은 건조한 휘파람을 불었다.

"그래도 다들 참 대단해."

"뭐가?"

"어지간하면 참고, 이웃 주민들과 어떻게든 사이좋게 지내려고 노력하잖아. 높아진 윤리 의식과 교육 수준으로 몸에 내재된 유목민의 유전자를 매일매일 때려잡고 있는 거지. 거기 아파트 단지, 강남에 있는 대기업 다니는 신혼부부들이 분양받으려고 아주 난리였어. 아, 네가 윤리 의식이나 교육 수준이 낮다는 말은 아냐."

"쳇. 나는 네가 더 걱정이야."

쏭은 낄낄 웃으며 말이 안 통하면 이런 방법도 있긴 하다며 각종 SNS에서 본 내용을 들려주었다.

'층간소음 우퍼'를 화장실에 설치하고 소음이 들릴 때마다 틀어라. 아니다, 위층이 자는 시간에 틀어라. 그것도 아니다, 위층이 이사를 결심할 때까지 틀어라. 밖으로 나오지 못하게 현관문을 막아라. 아니다, 들어가지 못하게 하는 것이 우선이다. 이도 저도 안 되면 현관문 앞에 분뇨를 방출하라 등등.

"낮은 포복 자세로 사정을 하는 게 아니라 기마민족의 전투 정신을 발휘해 정면으로 돌진하는 거야."

쏭이 말했다.

"쏭."

"응?"

"정신 건강에 해로운 것 좀 그만 봐."

폭력만이 성인들에게 공동체의 윤리를 각인시킬 수 있는 것일까?

쏭이 말한 것을 참고한다면, 휴전 지역이어야 할 엘리베이터조차 분쟁 지역으로 변해 이용할 때마다 신경을 곤두세우며 전투태세를 갖춰야 할 것이다. 생각만 해도 피곤하고 끔찍한 일이었다.

"크리스마스 전에는 한국에 돌아갈 수
있을 거야."

쏭이 말했다.

예주는 그때는 너라도 제발 진화가 좀
더 되었길 바란다고 말하며 전화를 끊었다.
그리고 법정으로 가는 일만은 없길 바라는
간절한 마음으로 자신의 입장을 (속은 전혀
그렇지 않지만) 공손히 전하는 편지를 쓰기
위해 직접 펜을 들었다.

편지는 세상에 아직 남아 있을지도 모를
연민과 동정심, 인류애와 이웃 간 온정에
기대는 방법이었다. 내일도 층간소음이
들려오면 1601호 현관문에 끼워둘
작정이었다.

안녕하세요, 1601호 선생님. 1501호

거주자입니다.

(1501호 거주자인데요, 이봐요, 계속 이럴 거예요?)

어떻게 제 입장을 말씀드리는 게 좋을지 몰라 고민하다 이렇게 편지를 쓰게 되었습니다.

(말로 할 때가 좋았다고 두고두고 후회하고 싶진 않죠?)

이 편지를 보고 난감해하실지도 모른다고 생각하니 지금 이 순간에도 마음이 아주 무겁네요. 죄송합니다.

다만, 이 편지가 항의의 차원이 아닌, 제 입장과 상황을 설명해드리기 위해 쓰였다는 점은 오해 없이 믿어주시길 부탁드립니다.

(항의가 아니라 분노와 증오! 이것마저 무시하면 정말 가만 안 있을 거예요!)

저는 책을 번역하는 일을 하고 있습니다.

(추리소설을 주로 번역하는데요, 내가 알고 있는

완전범죄 노하우가 얼마나 될 것 같아요? 셀 수 없이
많아요. 셀 수 없이!)

　직업 특성상 하루 대부분을 집에서 보내고,
또 밤에 주로 작업하다 보니 (…) 이런 여러 가지
측면에서 제가 소리에 민감할 수밖에 없음을
다시 한번 양해 부탁드립니다.

　(의자 끄는 소리, 쿵 하며 서랍장 닫는 소리,
쾅 하며 문 닫는 소리 가지고 내가 뭐라고 하는 게
아니에요. 새벽 3시 강남역 클럽 아래층에서―그런
곳이 있다면―들릴 법한 소리가 난다고요! 계속 같은
이야기 하는 거 나도 정말 지쳐요.)

　겨울바람이 매섭네요. 건강 유의하시길
바랍니다.

　(시름시름 앓았으면 좋겠어요. 다리라도
분질러졌으면 소원이 없겠어요. 그러면 코사크 댄스를
못 출 테니까.)

　그럼 새롭게 이사 온 근사한 아파트에서

저희처럼 행복하고 만족스러운 생활 하시길
바랍니다.

　(여기보다 더 좋은 곳으로 이사 갔으면 좋겠어요.
정말 그러길 바라요. 제발 그랬으면 좋겠어요.
제발……)

　(PS. 아래층에 당신 아이들이 잠들어 있다면
이렇게 하지는 않겠죠. 안 그래요?)

　쏭이 예주에게 자신이 분양받은
아파트를(추첨제 물량에 기적처럼 당첨됐다)
반씩 갹출해 사자고, 그리고 거기서 같이
살자고 제안했을 때, 예주는 대출금과 더불어
사는 여생을 보낼 터이지만 오래 고민하지
않았다.

　쏭은 예주의 고등학교 및 대학교 동창이자
가장 가까운 친구였고(외국어고등학교
기숙사에서 생활할 때 2년 동안 같은 방을 썼다),

예주와 마찬가지로 결혼을 일종의 자연법칙
같은 것으로 여기던 시절도 어렵지 않게
건너왔다.

무엇보다 쏭의 제안은 예주에게 '내 집
마련'의 꿈을 실현할 수 있는 더없이 좋은
기회였다. 결혼은 관심 밖으로 밀려났다
하더라도, '내 집 마련'은 오랜 기간 짝사랑하는
줄로만 알았던 사람이 먼저 건넨 고백처럼
앞뒤 안 가리고 덥석 물어버릴 수밖에 없는
것이었다. 그러나 과거 쏭이 '내 집 마련'에
열의를 쏟을 때, 예주는 의아함을 느꼈다.

쏭은 대학 졸업 후 '1인 여행사'를 차렸다.
구속당하고, 소속되는 일 없이 이곳저곳
떠돌기 좋아하는 쏭에게는 최선의 직업이었다.
한 해의 반을 해외에 나가 있었고(이사할 때도
해외 출장 중이라 예주 혼자 일을 처리했다),
현재도 관광 상품 개발차 크림반도에 머물고

있었다. 쏭은 유목민처럼 살길 원했다.

그런데 왜 청약 시장을 '수능'처럼
공부하고, 실종된 아이를 찾는 부모처럼
샅샅이 뒤지고 다녔던 것일까?

예주의 물음에 쏭은 웃으며 농담했다.
진화를 위해 노력하는 중이라고. 사실, 예주
역시 거기에 뭔가 거창한 이유가 있으리라
생각지 않았다. 유목민에게도 '게르'* 같은
것은 필요하니까. 그 게르가 향후 커다란
자산이 된다면 더욱 뿌리칠 수 없는
유혹이었을 것이다.

진화를 위해 노력하는 중이라는 쏭의
말에는 떠돌기 좋아하는 것과 돈을 좋아하는
것은 양립 가능한 선호라는 깨달음도

* 몽골족의 이동식 집으로 1미터 내외의 원통형 벽과 둥근 지붕으로 이뤄졌다.

포함되어 있을 것이라고, 예주는 생각했다.
그리고 잃어버린 우산처럼 정처 없이
돌아다니길 좋아하는 쏭에게는 붙박이장처럼
집에 머물기 좋아하는 자신이 최고의
동반자로 여겨지지 않을까 하는 점도.

　　이사 온 아파트는 예주의 마음에 쏙
들었다. 촘촘히 구역을 나눈 것이나 공동
구역이 펼쳐지고 오므려지는 모양새가 마치
누군가에게 피해 주거나, 받고 싶지 않은
윤리적 마지노선을 형상화한 것처럼 보였다.
개인주의자들을 위한 공동의 건축물이라고나
할까?

　　아파트가 위치한 곳이 여자 둘이 평생을
함께하는 부부처럼 같이 살아도 주변에서
수군거릴 가능성이 적은, 쏭의 말처럼 교육 잘
받고 직장 좋은 젊은 부부들이 선호하는 서울
근교 신도시라는 것도 흡족한 부분이었다.

그러나 아파트 주변은 아직 정비가 덜
된 상태였다. 아파트 단지 왼쪽에는 신설
초등학교가 내년 3월 처음으로 아이들을 맞을
준비를 하는 중이었고, 정문 앞과 오른쪽 길
건너 황무지에는 다른 브랜드 아파트 단지가
들어설 예정이었는데 무슨 문제가 있는지
착공이 계속 미뤄지고 있었다.

　　아파트 상가도 여전히 빈 곳이 많았다.
밤에는 오가는 차량이 드물어 노란 불빛의
신호등이 왕복 10차선 도로에 외로이
서서 점멸을 반복했고, 도로 가로등에는
뺑소니 교통사고 목격자와 실종자를 찾는
빛바랜 현수막이 내내 걸려 있었다. 위에서
내려다보면 아파트 단지와 그 주변은 아직
앙상한 겨울나무 꼭대기에 자리 잡은 새
둥지처럼 초라했다. 그러나 단지 안의
깨끗하고 세련된 분위기는 다른 곳과 비교할

바가 아니었다.

이곳에서 예주는 대학 도서관 철학 코너의 책처럼 조용히 꽂힌 채 찾는 사람도, 간섭하는 사람도 없이 좋아하는 책을 번역하며 지내고 싶었다. 그렇게 고대하던 아파트 입주인데, 생전 처음 가지게 된 내 집인데, 그깟 소음 하나 때문에 쾌적하고 안락하고 행복한 생활이 보장되리라는 부푼 꿈에서 이렇게 빨리 깨어나게 될 줄은 전혀 몰랐다.

'내 집 마련' 같은 행복은 그 과정을 켜켜이, 아주 오랫동안 쌓아야만 누릴 수 있는 것이었다. 그러나 이를 깨뜨리는 층간소음 같은 불행은 단계가 없었다. 예주는 화가 치밀었고, 팔짝팔짝 뛰고 싶었다. 행복해지는 것과 달리 불행해지기는 왜 이다지도 쉬운 것일까?

처음에는 예주도 1601호 입주자들을

이해해보려 노력했다. 이들은 유목민의
유전자를 아직 떨쳐내지 못한 사람들이라고,
현대사회의 울타리에 피치 못할 사정으로
들어와 인내하고 또 인내했지만 타고난
본성을 끝내 어쩌지 못해 저런 식으로라도
풀고 있다고.

　　그러나 어느 순간부터 층간소음이 들려올
때면 예주는 짜증과 분노를 관장하는 신경망
외에 모든 것이 다 끊어진 것 같은 상태에
빠져들었다. 층간소음만 수집하는 안테나가
된 느낌이랄까? 번역 작업은커녕 일상생활을
하는 것도 여의치 않았다.

　　아래층마저 적으로 돌려세울 수는
없었기에 분노를 꾹 참아보다가 자신도
모르게 걸음에 힘이 실렸다. 숨 쉴 틈도 없이
관리실에서 연락이 왔다. 층간소음 항의
전화가 왔다고.

고작 한 번인데? 이 정도의 소음도 못 참고 곧바로 항의를 해?

예주는 아래층의 예민하고 나약한 정착민들을 저주하고 증오하는 자신을 발견하곤 또 한 번 소스라치게 놀랐다.

언어는 유혈 전쟁을 막기 위해 점점 더 정교해졌다. 소통과 대화는 총칼을 막는 방탄복이고, 이해와 배려는 단단한 지혈대이다. 게다가 번역가는 더 넓은 세계를 대상으로 소통과 대화, 이해와 배려의 폭을 넓히기 위해 노력하는 사람이지 않은가?

새벽 1시 무렵, 예주는 직접 쓴 편지를 들고 현관문을 나섰다. 1601호 입주자들은 관리실에 줄기차게 항의하는 존재가 1501호에 사는 자신이라는 것을 이제 확실히 알게 될 것이다. 그리고, 편지는 본격적인 전쟁의 서막과 가까스로 이뤄진 타협의 신호탄

사이에 놓인 채 어느 순간 찢어지거나 봉인될 것이다.

1601호 입주자들과 마주치는 일은 피해야 했다. 아직 그럴 용기는 없었다. 계단 하나를 밟고 올라서는 정도의 결기를 발휘하기까지도 오랜 시간이 걸렸다.

1601호까지 가는 데는 채 1분이 걸리지 않을 것이다. 그러나 예주의 마음은 무수한 똥과 오줌으로 가득한 대초원을 홀로 가로지르는 듯한 막막함과 두려움으로 채워졌다.

예주는 계단 대신 엘리베이터를 택했다. 엘리베이터 앞에서 1601호 입주자들과 마주치면 층을 잘못 찾아온 것처럼 연기할 생각이었다(1602호, 1603호는 아직 비어 있었다).

16층에 도착하자 엘리베이터 문이 스르륵

열렸다. 예주는 입을 앙다물었다. 그런데
예상치 못한 공기가 예주의 얼굴을 향해
불어왔다. 새 아파트의, 포장을 막 뜯은 공산품
주변의 공기가 아니었다. 풀 냄새가 섞인
산뜻한 공기였다.

예주는 코 안 가득 공기를 빨아들이며
엘리베이터 밖으로 발을 내디뎠다. 등 뒤에서
엘리베이터 문이 소리 없이 닫혔고, 센서 등이
부드럽게 불을 밝혔다. 예주는 눈앞에 펼쳐진
풍경을 믿을 수 없다는 눈빛으로 바라보았다.

1601호와 접해 있는 복도는 온통
초록빛이었다. 유화로 생생하게 묘사된 풀들이
벽을 장식 중이었고, 그 앞에는 실제 작은
풀들이 촘촘히 심긴 기다란 화분이 줄줄이
놓여 있었다.

센서 등이 꺼지자 1601호 앞 복도는 마치
밤의 대초원 같았다. 복도 통창 너머로 솟은

보름달은 풀들 위로 은빛 가루를 흩뿌렸고, 어디서 불어온 것인지 알 수 없는 청량한 바람은 부드럽게 귀를 간지럽혔다. 귀를 기울이면 1601호 현관문 너머에서 바람에 스치는 풀들의 소리가 들려올 듯했고, 곧이어 복도의 풀들도 바람에 이끌려 고개를 숙일 것만 같았다.

이것도 꿈인가?

원칙적으로 복도 장식이나 변경은 허락되지 않았다. 예주는 화분에 심겨 있는 풀들을 손으로 만져보았다. 이슬에 젖은 듯 촉촉했다.

1601호 입주자들은 여러모로 막무가내였다. 예주는 놀라움과 실망감을 동시에 느꼈다. 대화와 소통은 이들을 상대하기에 턱없이 모자란 무기처럼 여겨졌다. 그러나 이대로 허무하게 돌아설 수는 없었다.

예주는 1601호 현관문 앞으로 조용히 다가갔다.

현관문에도 푸릇푸릇한 풀들이 그려져 있었다. 말들이 뜯어 먹기라도 했다는 듯, 머리가 잘려 나간 풀들도 있었다. 섬세함까지 갖춘 악당들!

현관문 외시경 위에는 가로세로 길이가 30센티미터쯤 되는 액자에 사진이 담겨 있었다. 사진 속 이국적인 분위기를 지닌 두 남녀는 중세 기마민족이 썼을 법한 구릿빛 투구를 쓰고(목이 짧은 빗자루를 거꾸로 세워놓은 것 같은 장신구가 달려 있었다) 말에 올라탄 채 정면을 응시하고 있었다. 원경을 담은 것이라 두 사람의 표정은 명확지 않았지만, 분위기만으로는 임박한 전투 앞에서 전의를 다지는 것 같기도 했고, 더 이상 물러설 수 없다는 결의를 불태우는 것 같기도 했다.

이들이 1601호 입주자들인 것일까?

예주는 침을 삼켰다. 그리고 조심스럽게 현관문에 귀를 밀착시켰다. 그러면 안 된다는 것을 알면서도 충동을 억제할 수 없었다.

적군이 바로 코앞까지 다가왔음을 눈치채기라도 한 것일까?

좀 전의 시끌벅적함은 종적을 감추었다. 환희의 몸짓이 내뿜는 소리도, 대초원을 말달리는 소리도 들려오지 않았다.

예주는 텅 빈 공간을 유려하게 흐르는 바람 소리를 뒤로한 채 현관문에서 천천히 귀를 떼어냈다. 그리고 긴장감 어린 손동작으로 문틈 사이에 편지를 기척 없이 끼워 넣으려 했다.

그때, 말을 몰아세우는 듯한 세찬 목소리가 정적을 깨뜨리며 들려왔다.

"이랴!"

예주는 짧은 비명을 지르며 비상계단으로
내달렸다. 편지는 문틈에서 떨어져 바닥을
나뒹굴었다. 계단을 두 개씩 건너뛰며
예주는 생각했다. 자신은 미쳐가고 있는 게
분명하다고.

다음 날 아침, 예주는 우유를 사기 위해
밖으로 나섰다가 현관문에 끼워져 있는
다음과 같은 메모를 발견했다(A4 용지에 인쇄된
것이었다).

1601호입니다. 예상은 했지만 관리실에
시도 때도 없이 항의 전화를 하신 분이 1501호
입주자셨군요. 잘 아시겠지만, 이미 수십 번
관리실에 전달했습니다. 우리 집에서 나는
소음이 아니라고요. 정말 수십 번 그랬죠. 다른
층이나 비상계단, 복도를 확인해보세요. 만약,

거기도 아니라면 이비인후과를 방문해보시길
바랍니다. 서로 피곤해지는 일, 더는 없었으면
좋겠네요.

*PS. 저희 역시 위층에서 들려오는 소음을
감내하며 살고 있어요. 아파트가 소음에 취약할
수밖에 없는 구조인데, 당연히 그래야 하지
않을까요?*

메모를 확인한 다음 날 밤, 또다시
들려오는 층간소음 앞에서, 예주는 귀를 막은
채 상상했다. 도저히 용납할 수 없는 인간들만
모아놓은 아파트가 있고, 그 아파트가 어느
순간 알 수 없는 이유로 인해 우르르 무너져
내리고, 그렇지만 어느 누구의 관심과 동정도
받지 못하는 핏빛 상상.

예주는 참다못해 현관문을 박차고
나섰다. 당장 1601호로 쳐들어가고

싶었다. 결투를 신청하고 싶었다. 마상(馬上) 시합이라도 받아들일 각오였다. 그러나 예주는 민사재판으로 갔을 경우 그런 행동이 자신에게 불리하게 작용할 수 있다는 것을 알았다.

성인의 일탈적 충동조차 돈만이 다스릴 수 있는 것일까?

예주는 엘리베이터를 탄 후 1층 버튼을 꾹 눌렀다. 지옥이 있다면 '아래층'일 수밖에 없으리라!

밖으로 나온 예주는 아파트 단지 산책로를 경보하듯 빠르게 걸었다. 차가운 바람이 벌겋게 달아오른 이마를 세차게 두드리며 지나갔다. 예주는 산책로를 정신없이 한 바퀴 돈 다음 후문 근처에 있는 701동 앞에 다시 도착했다. 시린 밤공기가 가슴 가득 밀려왔다. 예주는 최후의 결심을 했다. 민사재판으로 가자고. 돈으로 1601호 입주자들에게 정착민의 유전자를 주사 놓아주자고.

그때, 자동차 바퀴 찢어지는 소리와 누군가의 고통스러운 비명이 훅 하고 다가와 예주의 귀를 때렸다.

예주는 깜짝 놀란 표정으로 소리가 들려온 곳을 바라보았다. 사고 현장은 단지 밖 2차선 도로였는데(정면 대각선 방향으로 100미터쯤 떨어진 곳이었다), 산책로에 줄지어 선 느릅나무가 시야를 방해했다. 예주는 사고 현장에서 가까운 산책로 정면으로 눈을 돌렸다.

한 여자가 사고 현장으로 보이는 곳을 경직된 자세로 내려다보고 있었다(여자 주변 산책로는 도로보다 경사가 높았다). 여자는

마스크를(노란색이라 더 눈에 띄었다) 쓰고
있음에도 손으로 입을 틀어막은 채였다.

　　자동차 엔진 돌아가는 소리와 바퀴
찢어지는 소리가 다시 들려왔다. 예주는
얼떨떨한 표정으로 여자가 있는 곳을 향해
걸음을 옮겼다. 그런데 자동차 엔진 소리가
점점 더 멀어지는 것 아닌가?

　　예주는 냅다 달리기 시작했다. 그래야만
할 것 같았다. 여자가 사고 현장에서 눈을 돌려
자신을 향해 달려오는 예주를 쳐다보았다.
여자는 잠깐 주춤주춤하더니 단지 내 어둠
속으로 몸을 숨기기 시작했다.

　　"……잠깐……만요!"

　　예주가 여자의 자리에 도착했을 때는
여자도, 자동차도 사라진 뒤였다. 예주는
황당해할 새도 없이 가는눈으로 사고 현장을
바라보았다.

가로등 불빛이 희미하게 비치고, 녹다 만 눈이 쌓여 있고, 쌓인 눈 사이사이로 잡초가 삐쭉삐쭉 솟은 황량한 공터에는, 밑동이 부러진 나무처럼 하체가 뒤틀어진 누군가가 피를 흘리며 쓰러져 있었다.

예주는 입을 다물지 못한 채 사고 장소를 내려다볼 수 있는 702동 아파트 베란다를 재빠르게 훑어보았다. 사고 소리를 듣고 고개를 내민 입주자들이 있는지 확인하기 위해서였다.

소리가 크지 않았던 것일까? 다들 지독한 층간소음에 시달린 탓에 어지간한 소리에는 면역이 생겨버린 것일까? 뺑소니 교통사고에 관심을 보인 존재는 702동 2층 베란다 창살 밖으로 고무줄로 묶은 앙증맞은 머리를 삐쭉 내밀고 있는 몰티즈 한 마리뿐이었다.

예주는 119에 연락했다.

예주는 경찰서에서 참고인 조사를
받았다. 사고 목격자가 아닌, 사고 목격자의
목격자여서 수사에 큰 도움이 되진 않았다.
예주는 사고 목격자의 인상착의만 본 대로
이야기했다.

담당 형사는 불이 붙지 않은 담배를
손가락에 낀 채 지긋지긋하다는 표정을 짓고
있었다.

"사고 목격자들이 원래 잘 안 나타나요.
보복에 대한 두려움도 있고, 자신이 제대로
본 것인지 확신하기 어려운 측면이 없지 않아
있으니까요. 게다가 경찰서에서 오라 가라
귀찮게 하니 여러모로 성가신 거죠. 그저 남의
일이겠거니 하는 양반들도 꽤 있고."

예주는 담당 형사의 추가 질문에 연신
고개만 젓다가 집으로 돌아갔다. 그리고
놀란 가슴을 진정치 못해 잠을 계속 설쳤고

동틀 무렵이 되어서야 겨우 잠들었다. 뭔가가 바닥으로 떨어지고 부서지는 요란한 꿈을 꿨고, 그러다 오후 2시 무렵 잠에서 깼다.

휴대폰을 확인해보니 부재중 전화와 문자가 도착해 있었다. 사건 담당 형사가 보낸 것이었다. 예주는 담당 형사에게 전화했다.

담당 형사는 피해자의 의식이 아직 돌아오지 않았지만 생명에는 지장이 없다며 지난밤의 수고에 감사를 표했다.

"CCTV가 곳곳에 있어서 용의자는 어렵지 않게 찾을 수 있을 거예요."

예주는 뜨거운 물로 샤워한 후, 샌드위치로 간단히 배를 채웠다. 그리고 아파트 베란다에 서서 아래를 내려다보며 커피를 마셨다. 잠깐은 고요하고 평화로운 정원을 바라보는 기분이었다. 그러나 이내 어젯밤 사고 현장이 떠올랐다.

예주는 베란다에서 벗어났다. 설거지를
하고 바닥을 닦은 후 책상에 앉았다.
그리고 준비 중인 책을 번역하기 시작했다.
놀이공원에서 실종된 아이를 찾는 형사의
고뇌와 활약을 그린 추리소설이었다.

처음엔 역시 집중이 되지 않았다.
그러나 한 시간쯤 지나자 번역에 속도가
붙기 시작했다. 그날, 예주는 그 어느 때보다
몰입할 수 있었다. 다음 날도, 그다음 날도
마찬가지였다. 예주는 실종된 아이의 소재를
파악할 수 있는 첫 번째 증거가 나오는
부분까지 거침없이 나아갔다.

그러다 3일째 되던 날, 예주는 불현듯
무언가를 깨달았다. 마치 석양이 지고 있는
곳을 향해 무작정 달려간 한 무리의 말들처럼,
층간소음이 홀연히 사라진 것이다.

아파트 단지 후문 쪽에 뺑소니 사고 목격자를 찾는다는 경찰 현수막이 하나 더 추가됐다. 아파트 주변에 설치된 CCTV에서는 단서를 찾을 수 없었던 모양이었다. 담당 형사의 말에 따르면 사고 현장 부근에 주차되어 있던 차량의 블랙박스도 확인할 것이라고 했는데 그쪽도 아직 진척이 없는 듯했다.

그렇게 며칠이 또 흘렀다. 사고 목격자는 여전히 나타나지 않았다. 그리고 1601호의 층간소음도 약속이라도 한 것처럼 종적을 감췄다.

예주는 관리실에 연락해 1601호 입주자를 근래 본 적이 있느냐고 조심스레 물었다. 관리실 직원은 의아한 말투로 그걸 말씀드리는 것이 자신들의 의무 사항인지, 이후에 문제가 되는 것은 아닌지 먼저 확인해

보겠다고 했다. 예주는 속으로 한숨을 내쉰 후 다른 걸 물었다. 뺑소니 교통사고 피해자가 누구인지 아느냐고.

"아니요. 저희도 모릅니다."

관리실 직원은 정말 몰랐을 수도 있다. 하지만 뺑소니 사고의 피해자가 아파트 거주자라 이미 입주한 주민들, 입주 예정 중이거나 고민 중인 사람들이 반길 만한 일은 아니라는 판단 때문에 숨기는 것일 수도 있었다(아파트 단지는 이삿짐 트럭들로 한창 붐비는 중이었다).

다시 잠잠하고 적막한 이틀이 지났다.

예주는 푸른 초원에서 말달리는 유목민들 앞에 불쑥 나타난 거대한 자동차가 그들을 무차별적으로 들이받는 꿈에서 깨어나 고요한 구름처럼 위를 떠받치고 있는 천장을 바라보며 자신이 도대체 어떤 상황에 놓여

있는 것인지 뭔가를 하기는 해야 할 것 같은데
무엇을 해야 하는지 모르겠다는 혼란함을
느꼈다.

사건 발생 후 13일이 지났을 때, 예주는
1601호를 직접 찾아갔다. 항의가 아닌 걱정과
호기심 때문에 1601호를 찾아가는 일이
생길 줄은 꿈에도 생각지 못했다. 고요함을
원했는데 밑도 끝도 없는 적막이라니……
드넓은 초원에 홀로 던져진 기분이었다.

예주는 맥박을 확인하듯 1601호 초인종에
손가락을 갖다 댔다. 그리고 심호흡을 짧게 한
후 초인종을 눌렀다.

아무런 반응이 없었다. 다시 초인종을
눌렀다. 미세한 인기척도 느껴지지 않았다.
그날 밤 또다시 찾아갔을 때도 마찬가지였다.

정말 1601호 입주자가 사고 피해자인

것일까? 아니면 1601호 입주자 중 한 명이

사고를 냈고(동승했을 수도 있다), 이후

잠잠해질 때까지 몸을 숨길 생각으로

둘이 함께 잠적해버린 것일까? 하필 둘이?

오히려 더 의심받을 수 있는데? 1601호

입주자의 아파트 출입 여부는 관리실에 다시

물어보거나 지난 CCTV를 들춰보면 확인

가능했다. 그런데 과연 그것을 확인해줄까?

여전히 미심쩍은 눈초리로 사생활 보호 의무

같은 소리나 하지 않을까? 경찰에게 물어볼까?

1601호 입주자가 피해자 아니냐고? 사고

목격자에 대해서도 의심 가는 부분이 있었다.

왜 달아난 것일까? 다른 이유가 있어 목격한

것을 밝히지 않는 것은 아닐까? 차량 운전자가

자신의 가족이거나 친구였기 때문일까? 정말

귀찮아서 신고하지 않는 것일까? 차량 번호를

보지 못한 것은 아닐까? 그래서 밝힐 사실이

없는 것일까? 병원에 입원 중인 피해자를 찾아가 물어볼까? 1601호에 살고 있지 않느냐고?

예주는 궁금증을 참지 못하고 담당 형사에게 전화했다. 그리고 사건 진척 상황을 물으며 은근슬쩍 피해자 신원을 떠보았다. 담당 형사는 피해자 정보 유출은 심각한 일이라고, 경찰에서도 정말 조심한다며 점잖게 꾸짖었다.

다음 날 아침, 예주는 층간소음이 들려올 때마다 순간순간 상상했던 자신의 검은 희망이 엉뚱한 방식으로 실현되었을지도 모른다는 죄책감과 층간소음에 시달리지 않은 숙면의 개운함, 그 사이에서 깨어났다.

예주는 전혀 예상치 못했던 방식으로 피해자의 정체를 알게 되었다.

"그런 거였군요······. 그랬군요······."

예주는 이를 딱딱거렸다.

"놀라셨나요?"

형사가 물었다.

"조금요."

"뺑소니 사고 중에 단순 뺑소니 사고가
아닌 경우가 있습니다."

형사는 헛기침을 한 후 말을 이었다.

"그러니까 사적 복수를 가한 것인데, 마치
사고인 것처럼 위장하는 거죠."

"그럴 수도 있겠네요."

"예를 들면, 층간소음 문제로 다투던
두 사람 중 한 사람이 뺑소니 교통사고를
당했는데, 알고 보니 그게 나머지 한 사람의
계획적 혹은 우발적인 범죄일 수 있는 것이죠.
다른 누군가에게 사주했을 수도 있고."

"네?"

"그…… 사고 당시 신고자분이시기도 하고, 저 역시 그럴 가능성을 고려하지 않고 있지만…… 제가 피해자한테 주변에 원한을 산 일이 있느냐고 물었는데, 1501호 입주자분 이야기를 꺼내더라고요. 어이없으시겠지만 확인은 해야 하는 상황이라……. 701동 1501호에 살고 계신 거 맞죠? 1601호와 층간소음 문제로 다툼이 있었던 것도 사실이고요?"

예주는 비명을 질렀다.

짧은 비명이 아니라 제법 긴 비명이었다. 고통의 비명이 아니라 놀라움과 황당함을 토하는 비명이었다. 1601호의 낯 두꺼움에 대한 찬사와 저주가 뒤섞인 비명이었다.

"제가 그날 밤 상황을 피해자에게 다 설명해줬어요. 그런데 그래도 확인은 해봐야 하는 거 아니냐고 해서……. 그 말이 또 틀린 것은 아니라……. 너무 흥분하지 마시고…….."

형사가 말했다.

"나는 그 사람 본 적도 없다고요!"

"피해자가 휠체어에 의존하는 생활을
해야 할지도 몰라 신체적, 정신적 고통이 큰
상황이니 너무 노여워 마시고…….."

형사는 다시 전화하겠다는 식으로
얼버무리며 전화를 끊었다.

비난과 의심의 눈초리만이 타인의 고통에
반응토록 하는 것일까?

예주는 다시 번역에 집중하지 못했다.
스스로 결백을 입증하고 싶다는 생각뿐이었다.
방법이 없진 않았다. 경찰은 범인을 찾고,
자신은 목격자를 찾는 것이다. 자신을 피해
달아났던 여자 외에도 사건을 목격한 사람이,

아파트 거주자가 있을지도 모를 일이었다.

예주는 한글 프로그램으로 전단을 만들어 프린트했다. 그리고 30장 복사. 전단에는 이렇게 썼다.

11월 28일 새벽 1시 20분경, L 아파트 단지 후문 도로에서 일어난 뺑소니 교통사고를 목격하신 분을 찾습니다. 범인이 우리의 이웃일 수도 있습니다. 잔혹한 범죄자와 한 단지 안에서 같이 살 수는 없지 않겠습니까? 아래 번호로 제발 연락해주세요!

예주는 전단을 각 동 게시판에 붙이고 다녔다(관리실에서는 간신히 허락해주었다). 다 붙이고도 몇 장이 남았다. 남은 전단을 아파트 단지 주변 상가 벽과 큰길 너머 주택단지 전봇대에 마저 붙였다.

전단을 모두 다 붙인 후, 예주는 왔던 길을 그대로 돌아갔다. 전단이 잘 붙어 있는지 확인하기 위해서였다. 후문 근처 상가 벽에 붙인 전단 하나가 바람에 나풀거리고 있었다. 예주는 전단지를 다시 꼼꼼히 테이핑했다.

그때, 예주의 머리 위로 거대한 그림자가 스르륵 그늘을 드리웠다. 예주는 굳은 표정으로 천천히 고개를 돌렸다. 구름이 지나간 달 아래 환히 모습을 드러낸 존재는 자신이 사는 아파트였다. 아파트가 목격자처럼 우뚝 서서 자신을 내려다보고 있었다.

책 페이지가 부드럽게 넘어가듯 평온한 날들이 지속되었다. 예주가 처음 이 아파트로 이사 올 때 상상했던 그런 날들. 예주는 거실 베란다에 서서 아파트 단지 중앙 정원에 설치된 크리스마스트리를 편안한 눈빛으로 내려다보았다. 20분이 지나면 12월 25일, 크리스마스였다.

정원 내 놀이터에서는 몇몇 아이들이 그네를 타고, 철봉에 매달리고, 정글짐을 오르내렸고, 아이들 주변에는 부모로 보이는 사람들이 둥글게 모여 담소를 나누고 있었다. 아이들 웃음소리와 아이들에게 주의를 주는 부모들의 소리가 이따금 바람을 타고 예주가 있는 곳까지 올라왔다. 듣기 좋은 소리였고 마음이 행복해지는 소리였다.

4일 전, 사건 피해자인 1601호 입주자가 아파트로 돌아왔다. 예주는 1601호 입주자와 엘리베이터에서 마주쳤다. 그는 전동 휠체어에 앉아 있었다.

예주가 15층 버튼을 누르자 1601호 입주자는 조용히 고개를 숙였고, 엘리베이터가 15층에 도착할 때까지 그 모습을 유지했다.

엘리베이터 문이 스르륵 열렸을 때, 예주는 무언가를 묻고, 말하고 싶은 욕망이 최대에 달했다. 그러나 아무 말도, 아무런 몸짓도 하지 않은 채 엘리베이터 밖으로 발을 내디뎠다. 등 뒤에서 문이 조용히 닫혔다.

또 다른 만남도 있었다. 이틀 전 산책로 벤치에 앉아 있을 때, 예주는 한 여자에게서 눈을 떼지 못했다. 여자의 덩치와 키, 머리 스타일과 복장의 분위기, 그리고 노란색 마스크. 여자는 사고 목격자였다. 그런 확신이 들었다. 예주는 여자의 뒤를 조심스럽게 따랐다.

여자는 단지 중앙 정원을 지나 외곽 산책로를 걷기 시작했다. 그러다 그날 밤 사고 목격자의 자리에 멈춰 서더니 그때와 똑같은 각도로 사건 현장을 가만히 바라보았다. 예주는 여자에게 가까이 다가갔다. 더 이상

그럴 필요가 없었지만, 여자에게 자석처럼
이끌렸다.

　여자가 예주를 향해 고개를 돌렸다.
예주는 여자 바로 앞에 멈춰 섰다.

　"뺑소니 교통사고 목격하신 분 맞죠?"

　예주가 물었다.

　"⋯⋯."

　"그렇죠?"

　"⋯⋯."

　잠시 후, 여자가 차분한 목소리로 물었다.

　"피해자 가족이세요?"

　피해자 아래층 집에 사는 사람입니다,
라고 예주는 말하지 못했다.

　"그건⋯⋯ 아니에요. 저도 그날 밤 사고
현장 근처에 있었어요⋯⋯."

　여자는 사고 현장으로 고개를 돌렸다.
그리고 다시 예주를 바라보았다.

"다 끝난 일 아닌가요?"

"……그렇긴 하죠."

여자는 예주를 향해 말없이 고개를 숙이곤 몸을 돌렸다. 그리고 그날 단지 내 어둠 속으로 흔적 없이 스며들었던 것처럼 아파트 중앙 정원을 향해 유유히 걸어갔다.

예주는 여자에게 물어보고 싶은 것이 있었다. 그러나 나쁜 마법에라도 걸린 것처럼 몸이 움직이지 않았고, 입도 떨어지지 않았다. 점점 멀어지는 여자의 뒷모습을 가만히 바라보기만 했다. 여자의 걸음은 마치 아파트 중앙 정원의 여왕처럼 우아했다.

"다 끝난 일"이라는 여자의 말은 사실이었다. 범인이 자수했기 때문이다. 범인은 관리실에서 예주에게 들려주었던 아래위층 간 층간소음 분쟁 사례의 주인공이었다. 702동 705호 입주자. 담당 형사가 예주에게 들려준 사고 경위는 이랬다.

사고 당일, 705호 입주자는 605호 입주자의 거듭된 항의 전화와 시도 때도 없는 방문에 화가 머리끝까지 난 상태였다. 그날 저녁 605호 입주자는 망치로 705호 현관문을 내리치기까지 했다. 그러다 새벽 무렵, 705호 입주자는 분노 그득한 마음으로 드라이브에 나섰다가 단지 후문 도로에서 누군가와 통화하고 있는 605호 입주자의 뒷모습을 발견하곤 그대로……

알다시피 그건 착각이었다. 그 사람은 702동 605호 입주자가 아니라 701동 1601호 입주자였다. 하필 사고가 나기 직전까지 605호 입주자가 705호 입주자에게 항의 전화를 계속했던 탓에 705호 입주자의 판단력은 더욱 흐려질 수밖에 없었고, 또 하필이면, 1601호 입주자와 605호 입주자의 외모와 전체적인 분위기가 이상하리만큼 닮아 있었다.

705호 입주자는 사고 후 이틀 동안 자신이 605호 입주자에게 해를 가한 것이라 여겼다. 무언가 잘못되었음을 알게 된 것은 605호 입주자가 자신의 집에 다시 항의 방문을 했을 때였다.

이 비극적인 사건은 1601호의 퇴원과 705호 입주자의 뒤늦은 자수로 마무리됐다. 그리고 1601호 입주자는 아파트로 돌아왔지만, 층간소음은 돌아오지 않았다.

그런데 사고 목격자인 여자는 사건이 종결되었다는 것을 어떻게 알게 되었을까? 범인과 무슨 관계라도 있는 것일까? 702동 705호 입주자의 가족이거나 지인인 것일까? 그날 이후 산책로에서 예주와 다시 마주친 여자는 예주를 끝까지 외면했다. 그래서, 예주는 더 이상 아무것도 궁금해 않기로 결심했다. 다 끝난 일이니까.

　　인근 교회에서 크리스마스를 알리는
종소리가 울려 퍼지기 시작했다. 예주는
눈을 감고 기도했다. 불행한 사건이 가져온
불의한 고요함이지만 그로 인한 평온이 계속
이어지기를. 그리고 분노와 억울함으로 가득할
1601호 입주자의 마음에도 강 같은 평화가
깃들기를.

　　예주는 불의의 사고를 당한 1601호
입주자에게 동정심을 느꼈지만, 불현듯 찾아온
고요한 나날들이 마치 크리스마스 선물
같다는 생각을 완전히 떨쳐내지는 못했다.

　　휠체어를 탄 1601호 입주자와
엘리베이터에서 처음 만난 날, 15층에 도착한
엘리베이터의 문이 닫히기 직전, 예주는
등을 돌리고 있었지만, 자신을 향한 1601호

입주자의 만감이 교차하는 눈길을 분명하게
느낄 수 있었다. 그럴 수밖에 없으리라. 1601호
입주자와 705호 입주자 사이에 벌어진 사건은
자신과 605호 입주자 사이에서 벌어질 수도
있는 일이었다. 그리고. 층간소음 갈등을 겪고
있는 또 다른 가구 사이에서도.

예주는 감은 눈을 천천히 떴다. 창밖으로
눈이 내리고 있었다. 예주는 대초원에 눈이
내리는 모습을, 내리는 눈을 피해 어딘가로
숨어드는 유목민들의 모습을 상상했다. 그들의
안식처는 어디에 있을까?

그때, "쿵쿵" 하며 현관문을 두드리는
소리가 났다.

예주는 의아한 표정을 지으며 현관문
앞으로 다가갔다. 그리고 현관문에 달린
외시경으로 밖을 내다보았다.

어디서 본 듯한 철제 투구를 쓴 누군가가

고개를 숙인 채 현관문 앞에 서 있었다. 얼굴은 보이지 않았다. 불빛에 반짝이는 투구만 보였다. 예주는 놀란 숨을 삼켰다.

잠시 후, 그 누군가가 천천히 고개를 들며 나직이 말했다.

"메리 크리스마스."

작가의 말

위층 사람은 미지의 존재다. 나도
누군가에게는 위층 사람일 수 있으니
마찬가지로 미지의 존재다. 아래위층에
사는 관계가 아니라도 그렇다. 그러니까
우리는 서로가 서로에게 미지의 존재라는 것.
언제부턴가 그렇게 됐고, 이런 경향은 점점 더
강해지고 있다.

미지로 인한 공백을 채우는 것은 대개
두려움과 혐오, 분노다. 그러나 상상력이 그
빈자리를 채우면 어떨까? 예를 들면, 허구한

날 층간소음을 발생시키는 위층 사람은 예의 없고 교양 없고 파렴치한 악당이 아니라 대초원을 누비던 유목민일 수도 있다는 상상. 크리스마스이브에 우리 집을 불쑥 찾아온 낯설고 신비한 방문객이 될 수도 있다는 상상.

상상력은 층간소음을 줄여주지 않는다. 그러나 혐오와 분노는 누그러뜨릴 수 있다. 이 소설은 거기에서 출발했고, 크리스마스의 은총이 아래층 사람으로 살 수밖에 없는(제일 위층 사람은 극소수다) 우리에게 내려주길 바라는 마음으로 써 내려갔다.

2023년 봄
김기창

- 05

크리스마스이브의 방문객

초판 1쇄 인쇄 2023년 2월 17일
초판 1쇄 발행 2023년 3월 8일

지은이 김기창
펴낸이 이승현

출판2 본부장 박태근
스토리 독자 팀장 김소연
편집 강소영 곽선희 김해지 이은정 조은혜
디자인 이세호

펴낸곳 ㈜위즈덤하우스 **출판등록** 2000년 5월 23일 제13-1071호
주소 서울특별시 마포구 양화로 19 합정오피스빌딩 17층
전화 02) 2179-5600 **홈페이지** www.wisdomhouse.co.kr

ⓒ 김기창, 2023

ISBN 979-11-6812-705-0 04810
      979-11-6812-700-5 (세트)

값 13,000원